AF463258

ACTE I, SCÈNE XII.

LE PÈRE MARCEL,

COMÉDIE MÊLÉE DE CHANT, EN DEUX ACTES

par Madame Ancelot,

REPRÉSENTÉE POUR LA PREMIÈRE FOIS A PARIS, SUR LE THÉATRE DES VARIÉTÉS, LE 19 JANVIER 1841.

PERSONNAGES.	*ACTEURS.*	*PERSONNAGES.*	*ACTEURS.*
LE PÈRE MARCEL, ancien sergent, cultivateur.	M. VERNET.	UN NOTABLE du village.	M. ÉDOUARD.
MARCELIN, son fils aîné.	M. LIONEL.	UN DOMESTIQUE.	M. ÉMILE.
JOSEPH, son second fils.	Mlle ESTHER.	LA BARONNE D'ERMONT.	Mme HOUDRY.
MATHIEU, cultivateur.	M. PROSPER GOTHI.	ANNA, sa fille.	Mlle OLIVIER.
M. DE GABRIANNE, juge d'instruction.	M. DUSSERT.	MARGUERITE, femme de Marcel.	Mme LECOMTE.
		PAYSANS, PAYSANNES.	

L'action se passe en 1840, dans un village. Le premier acte, dans la maison du père Marcel. Le deuxième acte, au château de la baronne d'Ermont.

NOTA. Les personnages sont placés en tête de chaque scène comme ils doivent l'être au théâtre; le premier indiqué occupe la droite de l'acteur.

ACTE PREMIER.

Le théâtre représente une salle basse d'une maison de paysan aisé. Porte au fond. A droite, deux portes. A gauche, une fenêtre et une porte. D'un côté, une table. Au fond, une armoire.

SCÈNE PREMIÈRE.

MARGUERITE, JOSEPH, MATHIEU, MARCELIN.

Au lever du rideau, Marguerite est assise et coud; Mathieu est debout au milieu; Joseph debout examine Marcelin, qui est assis, le coude appuyé sur la table et rêvant la tête dans sa main.

MATHIEU.

Il paraît que le père Marcel ne rentrera pas pour la veillée.

JOSEPH.

Par exemple!... Et qui est-ce qui conterait des histoires de batailles ce soir, si papa ne rentrait pas?... Est-ce que ce serait vous, père Mathieu?

MATHIEU, *de mauvaise humeur.*

Père Mathieu!... encore!... Madame Marguerite, apprenez donc à vos enfans à respecter l'autorité.

JOSEPH.

Là, là!... monsieur Mathieu, je la respecte l'autorité, même sous votre figure... ça se doit de respecter l'adjoint du maire, surtout quand le maire est mort, et que l'adjoint représente à lui tout seul le gouvernement du village... mais, vous aussi, vous devez respecter papa, un ancien militaire, un vieux sergent!... le guerrier passe avant tout, c'est connu, et je serai soldat, moi!

MATHIEU.

Votre père est mon ancien, né dans ce pays avant moi; nous sommes même un peu parens; mais lui...

MARGUERITE.

Parti soldat en 96, il en a vu de rudes, le cher homme, jusqu'en 1815, où il s'est retiré invalide... pour m'épouser.

JOSEPH.

Couvert de gloire et de blessures.

MATHIEU.

Belle position certainement... mais on sert son pays de plus d'une manière.

JOSEPH, *qui a passé près de Marguerite, à demi-voix.*

Même quand on ne sert à rien comme lui, qui intrigue pour être nommé maire, croyant se mettre ainsi au-dessus de papa.

MARGUERITE, *à Mathieu, en souriant.*

Convenez, voisin, que vous avez toujours été un peu jaloux de Marcel.

MATHIEU.

Je ne dis pas non, voisine... mais dans ce moment, je venais chercher son secours pour une battue dans le bois, où l'on croit qu'un voleur s'est caché.

JOSEPH *et* MARGUERITE, *se rapprochant de lui.*

Bah! vraiment?... ah!

MATHIEU.

Oui, ils croient cela au château de Mirecourt, parce que la nuit dernière on y a volé deux couverts d'argent au concierge. (*D'un air mystérieux.*) Il y a en ce moment une somme considérable, une somme énorme, qui est arrivée avant les maîtres, qu'on attendait ce matin.

MARGUERITE.

Ce matin?... Après tant d'années d'absence... est-ce possible?

MATHIEU.

C'est certain!... il y a maintenant deux dames au château, et elles ont peur; les gendarmes sont restés chez le concierge, et je venais prier le voisin de m'accompagner par là.

JOSEPH.

On n'a pas besoin de vous, puisqu'il y a des gendarmes, et vous veniez pour demander autre chose à mon père.

MATHIEU.

Je ne dis pas non... Le voisin a du crédit, on l'aime, on le respecte au village; c'est fête pour les camarades quand il leur raconte les batailles de l'empereur et ses prouesses à lui... oh! il leur fait croire tout ce qu'il veut, et il pourrait en ce moment me donner un fameux coup de main.

MARGUERITE.

Il a dit en sortant: Si l'on vient me demander, Marcelin me remplacera.

MATHIEU, *à demi-voix.*

Lui?... voyez-le donc, il ne s'aperçoit seulement pas que nous sommes là... il n'y est pas... il est à la ville, à Paris!

JOSEPH.

Par exemple!

MATHIEU.

Voilà ce que c'est que de l'y avoir envoyé, de lui avoir fait faire des études, d'en avoir fait un médecin, un savant... il ne sait plus que vous êtes sa mère.

MARGUERITE, *allant à Marcelin.*

Oh! pour cela, si... Marcelin, mon enfant, à quoi rêves-tu donc là?... il faut remplacer ton père ici quand il y manque.

MARCELIN, *sortant de sa rêverie et se levant.*

Remplacer mon père?... mais qui est-ce qui pourrait le remplacer, lui si actif, si bon, si gai?

MATHIEU.

C'est vrai qu'il a toujours, comme on dit, le petit mot pour rire.

MARCELIN, *tristement.*

Il a l'air si heureux, lui!

MARGUERITE, *avec inquiétude.*

Est-ce que nous ne sommes pas tous heureux ici?

SCÈNE II.

JOSEPH, MATHIEU, LE PÈRE MARCEL, MARGUERITE, MARCELIN.

MARCEL, *entrant gaiement; il a entendu les derniers mots.*

Et qu'est-ce qui pourrait nous empêcher d'être heureux? (*Il serre la main de Mathieu.*) Bonjour, voisin; est-ce que la terre ne donne pas au laboureur le prix de ses peines?

MARGUERITE.

Pas toujours.

MARCEL.

C'est vrai que la récolte a manqué cette année; mais, Dieu aidant, elle sera bonne l'année prochaine; puis, est-ce que nous ne sommes pas tous forts et bien portans?

MARGUERITE.

Mais tu souffres, toi.

MARCEL, *souriant.*

C'est vrai que par la pluie comme aujourd'hui, cette vieille jambe-là me fait diablement souffrir... Écoute donc aussi, c'est qu'on n'a pas reçu pour rien un biscayen à Wagram... c'est pour vous rappeler qu'on y était, et ce souvenir-là fait plaisir... Aïe!... (*Il se frotte la jambe.*) Ensuite, est-ce qu'on n'a pas pour être content des fils qui sont joyeux, et qui travaillent gaiment?

MARGUERITE, *soupire en regardant Marcelin.*

Ah!

MARCEL.

C'est vrai qu'en voilà un tout triste, et qu'ils

sont tous deux à rien faire. Marcelin, qu'est-ce que tu as donc, mon enfant? (*Il le fait venir à lui, et dit à demi-voix.*) Tu me diras ça, à moi seul!... (*Haut.*) Ce n'est pas tout d'être savant... car il est savant mon fils, père Mathieu; mais ce n'est pas une raison parce qu'on a étudié le latin, la médecine, et autres arts d'agrément, pour ne pas être joyeux quand on vient passer les vacances chez ses parens.

MATHIEU, *à demi-voix.*

Vous avez eu tort, père Marcel, de tenir votre fils loin de vous comme ça dès son enfance, je vous l'ai toujours dit.

MARCEL.

Puisque vous l'avez toujours dit, père Mathieu, il est inutile de le redire : parlons d'autre chose.

MATHIEU.

Eh bien, oui, nous causerons en route d'une affaire... car je viens vous chercher, vous qui êtes un brave.

MARCEL, *riant.*

Pour courir après le voleur?... Bah! il est plus malin que vous, voisin.

MATHIEU.

Vous savez donc qui c'est?

MARCEL.

Moi?... pas du tout!... Mais qu'est-ce que j'ai besoin de le connaître pour dire qu'il est plus malin que vous?... d'ailleurs, je ne peux pas sortir à présent.

MARGUERITE, *à demi-voix.*

Il y a donc quelque chose?

MARCEL, *de même.*

Oui; il y a qu'elle est arrivée au château, et que pas plus tard que ce soir tu auras de ses nouvelles.

MARGUERITE.

Cette chère enfant, quel bonheur!

MATHIEU.

Eh bien, restons... Je soupçonne que vous aurez quelque visite, et en attendant, contez-nous une histoire. (*A part.*) Ça le flatte quand on l'écoute.

JOSEPH, *passant entre Mathieu et Marcel.*

Papa, si vous nous contiez l'histoire de ce grenadier avec qui l'empereur partage son souper?

MARCEL.

Voilà quinze ans que je la conte tous les soirs.

MARGUERITE.

J'aime mieux celle de la vieille femme chez qui il se repose et qui garde le verre où il a bu... Tu sais?... qui est dans la chanson?

MARCEL.

La chanson? depuis dix ans tu la chantes tous les matins.

MARCELIN, *s'approchant vivement.*

Oh! dites-nous plutôt, mon père, comment de simples paysans, partis soldats, sont devenus maréchaux de France, comtes et ducs, et ont épousé de grandes dames... et même des princesses.

MARCEL, *le regardant attentivement.*

Ah!

JOSEPH.

Est ce que c'est bien vrai, cela?

MARCEL.

Si c'est vrai? puisque j'y étais!... Mais aujourd'hui je vais vous conter une histoire... (*il regarde Marcelin*) une histoire d'amour... (*Marcelin fait un mouvement*) et cela tout en raccommodant ma ligne (*Joseph va lui chercher sa ligne et la lui donne. Il s'assied.*) Une ligne!... un soldat réduit à pêcher!... plus même la chasse!... Cette main refuse le service!... une balle à Lutzen!... Enfin!... c'était donc à Dresde, nous avions un camarade, un joli garçon, pas bien grand, mais bien pris dans sa taille. (*Il se regarde en disant cela.*) Voilà qu'il se disait : Puisque des généraux épousent de grandes dames, moi qui dois le devenir, général, je peux bien les aimer en attendant!... Et c'était des regards, des gentillesses à la fille du général commandant la ville... une belle brune, des yeux magnifiques... une petite bouche toute rose qui riait toujours!... Il la voyait à la fenêtre d'où elle jetait des fleurs en riant, et le pauvre garçon croyait que c'était pour lui!... Il cherchait toutes les occasions de s'approcher de sa divinité!... Voilà-t-il pas qu'un jour elle-même vient avec une de ses amies à la parade?... Dieu sait comme il se redressait, et comme son cœur battait!... plus fort que le tambour!... Elle le regarda, demanda son nom au capitaine, et il ne fut plus question que de ça à la caserne le soir et les jours suivans. Ça lui valait une fameuse considération dans l'armée, et comment vous dire tout ce qui lui passa par la tête d'idées d'amour et d'ambition!... Ce fut bien pire quand, un matin, le capitaine lui donne l'ordre d'aller à midi chez la demoiselle!... Ça ne s'était jamais vu que ce fût le capitaine qui envoyât comme cela à un rendez-vous!... mais dans ce temps-là il se passait des choses si extraordinaires!... Enfin, il s'y rendit avec un fier enthousiasme tout de même!... il tremblait de joie!.. Les deux belles amies étaient là... elles riaient encore... ce qui le déconcerta... puis l'une, la jolie brune, se mit à dessiner un petit tableau, pendant que l'autre indiquait au camarade la manière de se tenir debout sans remuer!... Savez-vous ce qu'elle faisait, la jolie brune? elle le tirait en portrait!... et pour représenter... quoi? je vous le demande? un petit conscrit bien niais qui se laisse attraper par une cantinière!...

TOUS, *riant.*

Ha! ha! ha!

MARCEL.

Ce qu'il y eut de plus piquant, c'est que tout le régiment sut la chose; que la demoiselle se maria la semaine suivante avec le capitaine, qui est devenu général ensuite, et que le jeune soldat ne put faire cesser les plaisanteries de ses camarades qu'en administrant un bon coup de sabre à Vadeboncœur, son meilleur ami, qui fut pourtant encore plus vite guéri de sa blessure que je ne le fus de mon amour.

TOUS, *riant.*

Ho! ho! ho!

MARCEL.

Non, non, que l'autre, je veux dire, ne fut guéri de son amour.

TOUS.

C'était vous!... c'était vous!... oui, ça vous est échappé.

MARCEL, *riant, et se levant.*

Moi? par exemple!... est-ce que j'ai l'air d'un conscrit?... Mais cette histoire est pour vous apprendre qu'il ne faut pas avoir de folles idées, et qu'on ne doit penser qu'à son métier!... Le nôtre était beau! on entrait partout en vainqueur, et, si l'on attrapait des horions par ci par là, il y a des cas où on ne les aurait pas donnés pour bien de l'argent!... Dans ce temps-là on n'y pensait guère à l'argent... moi, du moins... car si j'avais voulu...

MARCELIN, *vivement.*

Quoi, mon père! vous auriez pu être riche?

MARCEL.

Il y en a plus d'un qui, en pays étranger, et sur le champ de bataille, en ramassaient de ces trésors!... Il y avait des ennemis dont les poches étaient pleines d'or, et là où on les envoyait ils n'avaient plus besoin de rien!... alors les camarades les débarrassaient de tout... mais moi, jamais!... Les tuer, à la bonne heure!... mais les voler, je n'en avais pas le courage.

MATHIEU.

Quel scrupule!... A votre place...

MARCEL, *gaîment.*

Seulement, après la victoire, quand on entrait en vainqueur dans quelque village d'Italie ou d'Allemagne... Morbleu, y avait-il de jolies femmes dans ces pays là!

AIR du *Piége.*

Moi, j'ai vu de riches trésors
Sans que jamais mon âme en fût ravie;
Au champ d'honneur, excitant mes transports,
La gloire était ma seule envie!
Ailleurs pourtant je fus encor tenté,
Mais c'était pour une autre cause;
Et je l'avoue, auprès de la beauté
J'ai bien dérobé quelque chose.

MARGUERITE.

Ha! ha! voyez-vous ça!...

MARCEL, *riant.*

Là, là!... je ne lui déroberai plus rien, à la beauté... C'est qu'elle serait jalouse, la pauvre mère!

MARGUERITE.

Qu'est-ce qu'il dit donc là, le cher homme? à nos âges!...

MATHIEU.

C'était un gaillard que le père Marcel!... (*A part.*) Ça le met de bonne humeur quand on lui dit ça.

MARCEL, *très-gai.*

Ma foi, oui!... Mais écoutez donc!... Voilà que j'ai cru une fois que ma fortune était faite.

MARCELIN.

Comment?

MARCEL.

C'était en Espagne, en 1811; je vois un particulier qui se noyait... je me jette à l'eau, je l'accroche et je le sauve au milieu des balles qu'on nous envoyait... je le ramène sur le bord. « V'là un brave homme, dit-il; mais si son courage ne me sert à rien, car mon affaire est faite, je veux qu'il lui serve à lui! » Et il me tend un portefeuille tout en s'en allant *ad patres*... Il avait deux balles dans la poitrine. Le lendemain, nous filons sur la France, pour aller à Moscou. Il y avait dans le portefeuille des billets de banque, et des cent et des mille francs!... Quand j'eus régalé tout le monde, on me dit : Il faut mettre ça chez un banquier à Paris... quand on a de grosses sommes, ça se fait toujours comme ça!... En effet, je place tout chez un fameux... un bien digne homme... qui fit banqueroute quinze jours après... Il ne me resta rien... on me dit que ça se faisait aussi comme ça... et je n'y pensai plus.

MATHIEU.

Quel conte nous faites-vous là?

MARCEL.

Un conte?... Femme, donne-moi donc le portefeuille qui est là dans l'armoire : le voisin verra si je lui fais des contes.

Marguerite lui apporte le portefeuille.

MARGUERITE.

Tiens, notre homme.

MARCEL.

Voilà! toutes les preuves sont là-dedans!... un tas de paperasses... Je ne sais pas pourquoi j'ai gardé tout cela... ça n'est plus bon qu'à allumer ma pipe.

MARCELIN, *très-vivement.*

Oh! quel malheur, mon père!...

MARCEL.

Bah!

MARCELIN.

Nous aurions tous été heureux.

MARCEL.

Eh! nous le sommes bien sans cela!

MARCELIN.

Heureux sans fortune, est-ce que c'est possible?

MATHIEU.

Eh bien, voisin, l'éducation de Paris porte ses fruits!... Mais j'entends du bruit, je crois?

Il va vers la porte au fond.

MARCEL, *un peu inquiet.*

Le voisin se trompe, n'est-ce pas, Marcelin?... ce sont des paroles de jeune homme dites sans réflexion.

MARGUERITE.

Soupçonner notre fils?... Ah! mais qu'avez-vous donc, père Mathieu, à regarder du côté de la porte? est-ce que vous attendez quelqu'un?

MATHIEU.

Je ne dis pas non, voisine. C'est ce soir qu'on nomme le nouveau maire, et les électeurs ne veulent rien faire sans vous consulter, père Marcel ; vous êtes l'oracle du village... Et je crois que je les entends qui arrivent : si vous vouliez... si notre vieille amitié...

SCÈNE III.

LES MÊMES, LES NOTABLES *de l'endroit.*

LES NOTABLES.

AIR de *Rossini* (Farinelli, Palais-Royal, acte II, scène IX).

Marcel règne dans ce village
Par son bon cœur, sa probité ;
Nous venons lui rendre l'hommage
Que ses vertus ont mérité.

MARCEL, *qui a été au-devant d'eux.*

Soyez les bien venus, amis et voisins, et dites-moi ce qui vous amène.

UN NOTABLE.

Père Marcel, le conseil, rassemblé pour remplacer le maire de ce village, a pensé à vous nommer.

MARCEL, *étonné.*

Moi?

MATHIEU.

Hein ?

JOSEPH.

Papa ?

MATHIEU.

Oh ! ça ne lui convient pas à lui.

MARCEL.

Ah! ça vous convient donc à vous?

MATHIEU.

Je ne dis pas non.

MARCEL.

Ma foi, à dire le vrai, je n'y ai jamais songé, mes amis... je ne sais pas même au juste en quoi consiste la place... et les places ne me tentent guère!... on dit trop de mal de ceux qui en ont.

MATHIEU.

Ah! vous avez bien raison de refuser.

MARCEL.

On croit qu'on ne les accepte que pour l'argent.

MATHIEU.

L'argent? Pour celle-là, on ne le dira pas : il n'y a rien à gagner.

LE NOTABLE.

Il n'y a que de l'honneur.

MARCEL.

Qu'est-ce que vous disiez donc, Mathieu, que ça ne m'allait pas?... Ah çà! que fait-on donc?

LE NOTABLE.

On dresse les actes de naissance ; on soulage les pauvres e les malades ; on est utile, on fait des heureux.

MARCEL.

Qu'est-ce que vous disiez donc encore, que ça ne rapporte rien?... Mais oui, attendez, je commence à me rappeler en effet...

AIR d'*Yelva.*

Oui, l'on marie aussi les jeunes filles,
Et des garçons on comble tous les vœux.
On est l'appui, le conseil des familles,
On sert de père à tous les malheureux ;
Et s'il arrive un accident sinistre,
On vient à nous, et l'on s'en va content!...
Ah! dites-moi, la place de ministre,
Même à Paris, rapporte-t-elle autant?

LE NOTABLE.

Ce que vous dites là, père Marcel, prouve que personne n'est plus digne que vous d'être le maire de notre village, et maintenant il ne nous reste plus qu'à régulariser la nomination et à l'envoyer au préfet demain matin.

MATHIEU, *à part.*

Allons, j'ai bien réussi!... ce maudit homme l'emportera donc toujours sur moi?

ENSEMBLE.

AIR : *Ne raillez pas la garde citoyenne.*

LES NOTABLES.

Retirons-nous pour terminer l'affaire ;
Notre préfet saura tout dès demain ;
Il approuv'ra not' choix, et d' monsieur le maire
Nous reviendrons bientôt serrer la main.

MARCEL.

De votre choix, amis, mon âme est fière,
J' vous en r'mercie en vous serrant la main ;
Mais r'tirez-vous, faut que j' parle d'affaire
Avec ma femme et mon fils Marcelin.

MATHIEU.

J'ai bien d' la peine à cacher ma colère :
Toujours battu par ce maudit voisin !
C'est devant moi qu'on le choisit pour maire,
Quand d'êtr' nommé je me croyais certain !

MARGUERITE.

De votre choix, mes amis, je suis fière;
A not' préfet contez-le dès demain ;
Et soyez sûrs que dans monsieur le maire
Vous trouverez toujours un bon voisin.

JOSEPH.

Qu'ils ont bien fait de penser à mon père !
Dans les honneurs nous voilà donc enfin :
C'est amusant, quand on l' choisit pour maire,
D'avoir la place et d' vexer le voisin.

Les Notables sortent avec Mathieu.

SCÈNE IV.

JOSEPH, LE PÈRE MARCEL, MARGUERITE, MARCELIN.

MARGUERITE.

Je te fais compliment, notre cher homme : te voilà le premier du village.

MARCELIN.

C'est un grand honneur

JOSEPH.

Est-il vexé, le père Mathieu ! est-il vexé!

MARCELIN.

Ça peut vous mener plus loin.

MARCEL.

Plus loin?... à mon âge, Dieu sait où l'on va!

AIR d'*Aristippe.*

Devant celui qui là haut nous écoute,
Et qui jug'ra vos cœurs comme le mien.

On va rendr' compte de sa route,
Et si j' vexai qui cherchait mon soutien,
Mes pauvr's enfans, ça n'est p't'-être pas trop bien.
De doux souv'nirs semons notre passage :
Heureux celui qui, d'un œil satisfait,
En arrivant au terme du voyage,
Peut regarder le chemin qu'il a fait.

MARGUERITE.

Oh ! tu es trop scrupuleux aussi !... Mais répète-moi donc ce que tu me disais en arrivant : ces dames sont au château ?... Est-ce bien vrai ?

MARCEL.

Là ! voyez ce que c'est que les grandeurs !... Je ne pensais déjà plus à te dire que ce soir même notre chère enfant vient ici, qu'il faut l'attendre et la bien recevoir.

MARGUERITE, *avec joie.*

Elle vient !

JOSEPH.

Ma sœur de lait !... quel bonheur !

MARCEL.

Si bien que tu n'as plus que le temps nécessaire pour préparer la belle chambre que tu gardes toujours pour elle.

MARGUERITE.

Allons donc vite tout arranger : oh ! quelle joie !... Je vais la voir, l'embrasser !... (*Elle ouvre une armoire.*) Du beau linge !... c'est un de ses cadeaux à cette chère enfant ! (*Elle prend une carafe, un verre et un sucrier.*) Cela aussi !... Je ne m'en suis jamais servie, de peur de le casser !... Portons tout ça dans sa chambre. (*Elle donne le paquet de linge à Joseph.*) Tiens, toi !

JOSEPH.

Et Marcelin qui ne la connaît seulement pas !... il ne l'a vue que quand elle avait six mois... Il était toujours à la ville, à ses études, quand elle est revenue... Tiens, Marcelin, toi qui n'aimes pas les paysannes, tu verras là une fameuse demoiselle ! des petites mains, des petits pieds, des petites... mais de grands yeux !

Marguerite est entrée dans la chambre à gauche de l'acteur, emportant le verre d'eau.

MARCEL.

Te tairas-tu ?... suis donc ta mère, et laisse-moi causer avec Marcelin.

JOSEPH.

C'est ça ! on me renvoie toujours parce que je suis petit ; que c'est ennuyeux !... quand les parens veulent parler raison, quand les amis veulent parler amour, on dit : va-t'en, tu es trop petit !

AIR : *Vaudeville de l'apothicaire.*

A tout propos on me défend
De placer mon mot... quel martyre !
Aussi, quand je n' s'rai plus enfant,
Mon Dieu, qu' j'en aurai long à dire !
Qu'il s'agiss' de gloire ou d'amour,
Alors pour moi plus de mystère ;
Et j' parlerai tant qu'à mon tour
J' forcerai les autr' à se taire.

Il entre dans la chambre.

MARCEL, *souriant.*

L'espiègle ! c'est précoce en diable !... Il tient de moi !... Ça fera un guerrier !... Au moins celui-là rit toujours... Et toi ?... Viens ici, Marcelin !

Marcelin s'approche.

SCÈNE V.

MARCELIN, LE PÈRE MARCEL.

MARCEL, *confidentiellement.*

Allons, dis-moi tout !

MARCELIN.

Quoi donc ?

MARCEL, *souriant.*

Eh bien ! tout ce qu'il faut que je sache !... Puis, après, si tu as encore quelque chose à dire, nous verrons.

MARCELIN.

Vous riez, mon père ?

MARCEL.

Ne veux-tu pas que je pleure parce que tu te seras mis quelque amourette en tête ?... va, je connais ça ! voilà pourquoi je ris. D'ailleurs, je prends les choses gaîment, moi !... A quoi donc est ce que ça servirait d'avoir été un brave et honnête homme toute sa vie, si l'on n'avait pas le petit mot pour rire sur ses vieux jours ?... Allons, parle vite.

MARCELIN.

Vous ne me comprendriez pas, mon père.

MARCEL.

Bah !... tu crois ça, toi ?... Eh bien ! les fils croient tous cela à présent !... comme si nous n'avions pas aussi été des fils dans notre temps avant d'être des pères !... Est-ce que notre cœur ne battait pas aussi à la vue d'une jolie femme ? Ah ! si tu avais vu Marianne en 1802 ?... Tudieu, quel brin de fille !

MARCELIN.

Ce n'est pas ce que vous croyez, mon père.

MARCEL.

Ah ! ah !... une coquette peut-être ?... Est-ce que nous n'avons pas aussi été attrapés quelquefois ? c'est de tous les temps, de tous les pays et de tous les états, ça !... Qu'on ait le pantalon garance et le schako ou bien l'habit d'Elbeuf ; que la robe soit de toile ou de velours, le cœur qui bat dessous est de pareille étoffe : l'apparence est différente, le fond est le même partout !... Raconte-moi donc vite ton affaire, mon garçon ; je te dis que je connais ça.

MARCELIN.

C'est un amour sans espoir.

MARCEL.

Alors, il n'y faut plus penser.

MARCELIN.

C'est impossible.

MARCEL.

Impossible ? où as-tu pris ce mot-là ? on ne le disait pas de mon temps, l'empereur l'avait défendu.

MARCELIN.

Écoutez-moi.

MARCEL.

C'est ce que je fais, et tu ne dis rien.

MARCELIN.

Il y a six mois, mon père, une ardeur infatigable au travail n'avait encore laissé place dans mon esprit à aucune autre idée.

MARCEL.

Ça me semblait ainsi.

MARCELIN.

Je ne désirais qu'un bonheur : devenir un savant médecin, et me rendre utile à mes semblables par mon talent.

MARCEL.

Ça devait payer tous nos sacrifices.

MARCELIN.

Un jour, accablé par la fatigue du travail, je me reposais dans un endroit écarté du bois de Boulogne; c'était au mois de mai; l'air doux et chaud, un parfum de printemps et mes rêves disposaient peut-être mon âme à de nouvelles impressions.. quand j'entendis une voix faible et suave dire : « Oh! ne l'éveillez pas!... Il a l'air si heureux!... » Mes yeux fermés s'ouvrirent, et pour voir la plus ravissante jeune fille appuyée sur deux de ses compagnes!... « Heureux! m'écriai-je involontairement; bien heureux en effet, en cet instant où je vous vois! »

MARCEL.

Il a trouvé ça tout de suite!... Oh! il tient aussi de moi, celui-là!

MARCELIN.

Je venais de sentir qu'il y avait une autre manière d'être heureux qui jusque là m'avait été inconnue!... Les trois jeunes filles effrayées s'enfuirent en courant... mais elle, délicate et souffrante, ne put supporter cette émotion, et leurs cris m'apprirent qu'elle se trouvait mal. Je courus sur leurs pas, je lui fis respirer ce flacon, qui ne me quitte plus; une femme s'approcha, c'était sa mère!... J'appris que cette jeune personne charmante, après une grande maladie, sortait pour la première fois et venait essayer ses forces.

MARCEL.

Là!... il faut qu'elle vienne se promener juste à l'endroit où il était à se reposer!

MARCELIN.

Son doux sourire me remercia si bien, sa mère trouva des mots si obligeans, un homme âgé qui l'accompagnait me parla avec tant de bonté, que mon âme était ravie : il me semblait que moi aussi j'allais être de cette famille si simple et si affectueuse... Mais vous ne savez pas, mon père?... Une belle voiture s'avança, des armoiries y étaient gravées; il y avait des domestiques en riche livrée; on leur dit : A l'hôtel!... Et je sentis tout-à-coup qu'entre elle et moi il y avait l'opulence, à laquelle je n'avais pas encore pensé, le rang, que rien jusque là ne m'avait fait comprendre; et j'éprouvai pour la première fois alors des désirs et des regrets dont je n'avais jamais eu l'idée.

MARCEL, *avec chagrin.*

Ils avaient bien besoin de venir choisir précisément cette promenade-là!

MARCELIN.

Le lendemain, et chaque jour, je retournai au bois de Boulogne : souvent je la revis, quelquefois je lui parlai.

MARCEL.

Est-ce qu'ils n'auraient pas pu aller se promener ailleurs?

MARCELIN.

Un jour, elle laissa tomber une rose qu'elle tenait à la main, et me vit sans colère la ramasser et la cacher sur mon cœur.

MARCEL, *à lui-même.*

C'est ça!

MARCELIN.

Un autre jour, je la vis de loin prendre un bouquet que j'avais laissé sur un banc où j'étais assis quand je l'aperçus.

MARCEL, *de même.*

C'est bien ça!

MARCELIN.

Elle le mit à sa ceinture, et le lendemain elle portait à son fichu le ruban bleu qui attachait mon bouquet.

MARCEL.

C'est toujours ça!... Comment, Marcelin, tu aurais été au collège, ni plus ni moins que si tu étais le fils d'un général, tu aurais appris de toutes ces sciences et de toutes ces histoires romaines et autres plus que n'en savait de mon temps tout le régiment, pour te laisser malgré cela attraper par un minois de quinze ans, comme ton vénérable père quand il n'était encore que conscrit?... Allons donc!... ça n'est pas permis!

MARCELIN.

Mon père!...

MARCEL.

Quand tu diras à un homme riche et noble : Je suis pauvre, mais je suis un honnête homme, bien instruit et bien amoureux... donnez-moi votre fille, elle sera heureuse!... il t'enverra promener.

MARCELIN, *vivement.*

Ah! je me suis répété cela cent fois avec désespoir!... Mon père, je le sais, on a détruit toutes les distinctions au profit de l'or; lui seul suffit!... Eh bien, j'en aurai!... moi aussi je serai riche!...

MARCEL, *avec tendresse.*

Marcelin, mon enfant, tu n'as plus ta raison... reprends-la!... reprends courage!... Il faut renoncer à cette femme, à ces idées-là... elles te perdraient!... oui!... Prends donc ton parti!... Va, mon garçon, qui est-ce qui n'a pas eu des espérances trompées?... Moi qui te parle, j'ai passé par de rudes épreuves... je les ai supportées... et pourtant cela tenait plus au cœur qu'une fantaisie d'amour!... En 1815, j'allais être fait officier, avoir la croix... ça m'avait été promis sur le champ de bataille... et par lui... Napoléon... l'empereur!... Eh bien, lui... quel souvenir!... Il partit... et moi, je n'eus rien... que deux blessures... et je revins dans ce village... occupé par l'ennemi... (*Il s'attendrit.*) Tu ne peux pas comprendre ces choses-là, toi!... il faut y avoir passé!... Mais crois-moi, puisque je suis là, que je vis encore, on ne meurt pas de chagrin!... Aye donc du courage, mon enfant!

MARCELIN, *l'embrassant.*

J'ai un bon père... c'est beaucoup!...

MARCEL, *reprenant plus gaîment.*

Eh bien, parfois, quand on est dans la peine, il vous arrive des bonheurs auxquels on ne songeait pas!... Ta mère, cette bonne Marguerite, me soigna, m'épousa tout pauvre, triste et malade que j'étais!... Elle avait du bien... son père était un riche fermier... elle aurait pu épouser le plus beau garçon du village; il est vrai qu'à cette époque on avait tant fait la guerre, qu'il ne restait plus dans tout le canton que trois garçons, un borgne, un bossu et un idiot... mais c'est égal, c'est bien généreux à elle de m'avoir donné la préférence.

MARCELIN.

Mon père, j'aurai du courage... je n'y penserai plus!

Il a jeté les yeux du côté de la fenêtre, et fait un mouvement de surprise.

MARCEL, *prenant sa main.*

Tu seras calme... tranquille?...

Nouveau mouvement de Marcelin.

MARCELIN.

Oui, mon père.

MARCEL.

Tu ne chercheras plus à la revoir?

MARCELIN.

Jamais!... (*Il a quitté brusquement la main de son père et s'élance vers la fenêtre.*) Que vois-je? Est-ce possible?

MARCEL.

Qu'y a-t-il donc?

MARCELIN.

Ah! c'est elle!... c'est bien elle!...

MARCEL.

A-t-il complètement perdu la raison?

MARCELIN, *vivement.*

Mon père, cette voiture, ces domestiques dont je vous parlais... ils viennent de passer... ou bien je les ai vus sans qu'ils y fussent... tant mon esprit en est frappé!

MARCEL.

Ah! que le ciel nous soit en aide!... Ce garçon-là est dans un état à faire quelque grande sottise!...

MARCELIN, *très-vivement et près de la fenêtre.*

Je ne me trompe pas... la voiture vient de ce côté... elle y est, elle!... celle que j'aime!... Elle vient ici!... Est-ce que je suis fou?

MARCEL, *qui est allé aussi vers la fenêtre, et repousse son fils dans la chambre.*

Sans doute que tu es fou... et qu'elle vient ici cette voiture!... je la connais... et celle à qui elle appartient aussi!

MARCELIN.

Mais c'est elle, mon père!

MARCEL.

Cette jeune fille?... ah! mon Dieu!.. on n'est pas plus ensorcelé que cela!... Sais-tu qui elle est?... c'est la fille d'un général, du baron d'Ermont, mon ancien capitaine, qui épousa la jolie rieuse qui se moquait de moi à Dresde.

MARCELIN.

Ah!...

MARCEL.

Est-ce que ça va se perpétuer de génération en génération?... oh! pas de ça!... Rentre dans ta chambre et n'en bouge... car elle vient ici, vois-tu, parce que c'est la sœur de lait de Joseph.

SCÈNE VI.

MARCELIN, LE PÈRE MARCEL, ANNA, MARGUERITE, JOSEPH, *et* UN DOMESTIQUE *qui, après avoir porté des bottes et un sac de nuit dans la chambre, se retire.*

MARGUERITE, *accourant, et retenant Marcelin qui s'acheminait vers sa chambre.*

La voici!... la voici!... c'est elle!... c'est notre enfant!

ANNA, *entrant.*

Enfin m'y voilà donc!... (*Elle saute au cou de Marguerite.*) Bonjour, ma bonne nourrice!... Bonjour, mon bon père Marcel!... Eh bien, souffrez-vous toujours de votre jambe?

MARCEL.

Ah! j'ai un peu de peine à marcher.

ANNA.

Appuyez-vous sur moi.

MARCEL.

Oui, c'est juste!

AIR de *la Robe et les Bottes.*

Vos pas incertains, dans l'enfance,
Eurent ce bras-là pour appui,
Et pour moi l'âge qui s'avance
Réclame le vôtre aujourd'hui:
Dans ce doux emploi qui varie,
Chacun a sa part de plaisir;
Celui qu'on aide à commencer la vie
Doit nous aider à la finir.

ANNA.

Et notre petit espiègle Joseph? ah! j'ai toutes sortes de présens pour lui.

JOSEPH.

Oh! ma jolie sœur, il faut bien que vous m'embrassiez, ça vaut mieux que tous vos cadeaux.

MARCELIN, *à l'écart et à lui-même.*

Cette chaumière... et moi... là!... que dira-t-elle?

MARGUERITE.

Quelle joie!... ah! ma chère fille!... mon Anna!...

ANNA, *allant vers Marcelin.*

Mais il y a encore ici quelqu'un... un autre frère !...

MARCELIN.

Quoi !... vous savez ?...

ANNA.

Que je devais trouver ici une ancienne connaissance ?... sûrement, je le savais.

Elle rit.

MARCEL, *à part.*

Elle rit !... comme sa mère à Dresde !... Pauvre Marcelin !... Il faut que je veille à tout cela.

Anna a tendu la main à Marcelin, qui l'a pressée avec crainte et surprise : elle montre un petit agenda.

ANNA.

Ce petit livre trouvé sur le gazon un jour où je le rencontrai dans le bois, m'avait tout appris... Je vous conterai cela... il m'a vue plusieurs fois, mais je lui ai caché que j'étais aussi votre enfant... Je voulais le surprendre.

Elle tend le livre à Marcelin.

MARCELIN.

Ce livre que je croyais perdu... c'est vous qui l'aviez ?

ANNA.

Voyez !... votre nom... quelques vers sur le bonheur de l'étude et d'une vie simple et douce... puis du papier blanc... Je vous le rends, monsieur Marcelin : continuez d'y écrire vos pensées, et peut-être un jour ne refuserez-vous pas de me laisser voir encore... J'ai surpris votre confiance... maintenant je veux la mériter.

MARCELIN.

Que vous êtes bonne !

Il baise sa main.

MARCEL, *à part.*

Elle ne rit plus !... Diable ! ça me déroute.

ANNA.

Mais mon bon père Marcel a l'air tout préoccupé ?

MARCEL, *à part.*

On le serait à moins.

MARGUERITE.

C'est vrai : qu'est-ce qu'il a donc ?

MARCEL.

Ce n'est rien, ce n'est rien !... la surprise... la joie...

ANNA.

Oh ! sûrement ! Il y a si long-temps que je devais venir !... et c'était impossible !... nous ne quittions plus Paris... où j'étais pourtant bien malade !... Je me souvenais que jadis quand on me confia à ma chère nourrice et à ses bons soins, toute petite, on croyait que je ne vivrais pas, que j'allais mourir... et vous m'avez sauvée !... alors je disais à maman :

AIR :

Faible et mourante en ce village,
On me remit à sa bonté ;
Ma vie aussi fut son ouvrage,
Car je lui dus force et santé.
Quand plus d'une peine cruelle
M'ôte ce qu'elle me donna,
Laissez-moi retourner près d'elle
Pour y retrouver tout cela.

MARGUERITE.

Quoi ! des chagrins ? des souffrances ?

ANNA.

Oh ! je vous conterai tout cela demain, bonne mère.

JOSEPH.

Demain... c'est un fameux jour !... la fête du village... rien que cela !... Et l'on va danser dans le bois... Il y a de belles demoiselles des environs qui dansent avec les paysans... Mais c'est Marcelin qui sera votre cavalier.

MARCELIN, *à Anna.*

Acceptez-vous ?

ANNA.

Sans doute : nous danserons ensemble, et vous me donnerez un bouquet que je garderai toute la journée.

MARCEL, *à part.*

Tout est perdu si je n'empêche pas ça !

Il va dire quelques mots bas à Marguerite.

ANNA, *portant la main à son fichu.*

Oh ! mon joli ruban bleu !

MARCELIN, *à demi-voix.*

Quoi ! vous l'avez encore ?

ANNA.

Oui... mais comment se fait-il ?... Ah ! je me souviens... je l'ai laissé dans le pavillon du parc... Oh ! si on le trouvait... quel malheur !

MARCELIN, *à lui-même.*

Ah !

ANNA.

Je l'aurais porté demain pour toute parure.

MARCELIN, *à part.*

Ce ruban qui vient de moi !...

MARCEL, *qui s'est rapproché.*

Quoi donc ? de quoi parlez-vous ?

ANNA.

Rien !... Des projets pour demain, bon père !

MARCEL.

Eh bien ! à demain, enfant ; car il se fait tard ! on est couché depuis une heure dans tout le canton.

MARGUERITE.

C'est cela ! que chacun se retire dans sa chambre ! Venez, mon Anna : vous ne serez pas si bien qu'à Paris.

ANNA.

J'y serai mieux.

ENSEMBLE.

AIR : *Walse de Musard* (Duchesse, scène VIII).

LE PÈRE MARCEL, MARGUERITE, ANNA, JOSEPH, MARCELIN.

De chercher le sommeil l'heure est déjà passée ;
Ici l'on dort le soir, on veille le matin :
Mais nous emportons tous une douce pensée,
Car en nous séparant nous disons : A demain !

Marguerite emmène Anna dans sa chambre ; Joseph va dans la sienne ; le père Marcel conduit Marcelin dans sa chambre et ferme la porte à la clef, quand il est entré.

SCÈNE VII.

LE PÈRE MARCEL, *seul.*

L'ennemi est bloqué, et la sentinelle ne compte pas s'endormir!... mais le péril est grand, l'affaire délicate; et il faut aller prendre le mot d'ordre du général en chef, c'est-à-dire de la mère de la jeune fille, qui doit être instruite de tout!... Oui... cela se doit!... On dit au village : Mon coq est lâché, veillez sur vos poules!... voilà ce qu'il faut que je dise à madame la baronne : mais d'une belle manière!... d'autant que ça presse... et avec les idées, les projets de madame d'Ermont, que j'ai appris... Diable!... On se couche tard au château : j'ai encore le temps... Allons, voilà ma femme!

SCÈNE VIII.

LE PÈRE MARCEL, MARGUERITE.

MARGUERITE.

Tu ne sais pas, Marcel? elle est chez nous pour quinze jours.

MARCEL.

Quinze jours? heim? (*A part, indiquant la chambre d'Anna et celle de Marcelin qui sont vis-à-vis.*) Quinze jours... là... et là!...

MARGUERITE.

Quelle joie de se dire qu'elle est sous notre toit!... Eh mais, que fais-tu donc?

MARCEL.

Je prends mon chapeau et mon bâton.

MARGUERITE.

Tu vas sortir?

MARCEL.

Apparemment.

MARGUERITE.

A une pareille heure?...

MARCEL.

Il est toujours l'heure de bien faire!... ne t'inquiète pas... tu es fatiguée... couche-toi... je vais prendre par la petite porte de la cour... je serai plus tôt là où j'ai besoin d'aller.

MARGUERITE.

Est-ce que c'est du côté du château?

MARCEL.

Possible!... mais tu le sauras plus tard!... Au revoir!

MARGUERITE, *le retenant.*

Ecoute, Marcel, depuis que notre chère Anna est ici, tu es tout je ne sais comment... Saurais-tu quelque chose qui l'intéresse?

MARCEL.

Possible encore!... D'abord je sais que sa mère se dispose à la marier.

MARGUERITE.

Ah bah!... avec qui?

MARCEL.

Avec un particulier dont on ne m'a pas dit le nom, mais qui frise la cinquantaine, à ce qu'on assure.

MARGUERITE.

Un vieux?

MARCEL.

Oui... mais un riche!... et les riches n'ont pas d'âge!... Mais tu me fais causer, et il faut que je m'en aille.

MARGUERITE.

Tiens, Marcel, ce que tu viens de me dire m'a toute bouleversée!... j'ai des mauvais pressentimens.

MARCEL.

C'est si je ne sortais pas que tu pourrais en avoir... car il arriverait malheur ici!... (*A part.*) Oui, il arriverait malheur... Ils tiennent de moi, mes garçons!

MARGUERITE.

Mais qu'est-ce qu'il y a?

MARCEL.

Je te répète que je te conterai ça... Adieu!... à tout-à-l'heure!

Il sort par le dernier plan à gauche du public, porte latérale.

SCÈNE IX.

MARGUERITE, *puis* UN DOMESTIQUE *et ensuite* ANNA.

MARGUERITE, *seule.*

Qu'est-ce qu'il veut donc dire, le cher homme, avec ce malheur qui arriverait s'il ne sortait pas ce soir?... Et ce mariage pour notre Anna... Oh! il m'a troublé toute ma joie, et je n'ai guère envie de me coucher à présent... Tiens, on frappe... qui est-ce qui peut venir si tard? (*Elle va ouvrir au fond.*) Ah! c'est vous, monsieur Pierre?

LE DOMESTIQUE.

Oui, dame Marguerite, j'accours en toute hâte pour chercher mademoiselle.

MARGUERITE.

La chercher?

ANNA, *sortant de sa chambre.*

Qu'y a-t-il donc?... Je n'étais pas couchée, j'ai entendu la voiture s'arrêter à la porte, et je viens savoir ce qui arrive.

LE DOMESTIQUE.

Madame la baronne est de retour; elle ne va pas à la ville; à moitié chemin, elle a changé d'idée.

ANNA.

O mon Dieu! qu'aura-t-elle dit de mon absence?

MARGUERITE, *étonnée.*

Comment?

ANNA.

Ah! il faut tout vous dire!... maman n'avait pas envie... elle ne voulait pas me laisser venir... autrefois... alors, je ne lui en avais pas demandé la permission aujourd'hui... Et, comme elle était partie pour passer quinze jours à la ville, moi je voulais, au lieu de rester au château bien triste, être bien heureuse ici, près de vous!... Oh! maman eût pardonné après!... J'avais seulement donné l'ordre qu'on m'annonçât son retour.

LE DOMESTIQUE.

Et je suis vite venu moi-même avec la voiture. Madame la baronne, fatiguée et prise de sa migraine, s'est mise au lit tout de suite, et comme mademoiselle occupe le pavilion, elle peut rentrer sans que madame sache seulement si elle est sortie.

Sur un signe d'Anna, il va dans la chambre chercher le châle et le chapeau.

ANNA.

Oh! je le lui dirai demain, moi!... maman me laisse une grande liberté, et elle a bien des droits aussi à ma reconnaissance..... mais ces quinze jours... mais...

MARGUERITE.

Ah! je comprends!... Un peu de fierté... trop de défiance... La fille d'un général chez un pauvre soldat...

ANNA, *vivement*.

Qui combattit à ses côtés... qui un jour fut blessé pour lui!... Oh! non, il n'y a pas de distance entre nous.

AIR : *Un matelot*.

Mon père était officier de fortune,
Obscur enfant d'un courageux soldat.
Notre origine, on le voit, fut commune;
Marcel et lui servaient tous deux l'État;
Pour la tendresse, ainsi que pour la gloire,
Ah! que peut faire un grade différent,
Quand la vertu, l'honneur et la victoire
Les ont trouvés ensemble au premier rang?

MARGUERITE.

On pense cela à dix-huit ans; mais madame la baronne n'a plus dix-huit ans!... et je suis fâchée que vous ayez risqué d'être grondée pour nous.

Le domestique reparaît avec le chapeau et le châle.

ANNA.

Aussi, je rentre vite au château.

MARGUERITE.

Là!... je le disais bien qu'il arriverait malheur ce soir!... Et Marcel qui n'est plus là pour vous dire adieu!

ANNA, *l'embrassant*.

Chargez-vous de mes adieux pour tout le monde : nous nous reverrons tous demain à la fête du village. Adieu, bonne mère.

SCÈNE X.

MARGUERITE, *seule, après l'avoir reconduite : on a entendu rouler la voiture.*

Mon Dieu! que c'est triste de la voir partir!... moi qui me promettais quinze jours de bonheur!

AIR de l'*Angelus*.

A la chérir comm' mon enfant,
Hélas! j' m'étais accoutumée :
Un jour, me disais-je souvent,
Viendra ma fille bien-aimée!
Et son retour m'avait charmée!
De sa présenc' j'allais jouir,
Et tout-à-coup on m' la r'demande...
Mais le temps passe... allons dormir,
Et ce bonheur que j'ai vu fuir,
Tâchons qu'un rêve me le rende.

Eh mais, j'entends du bruit... des cris, il me semble. (*Elle va ouvrir la porte du fond.*) Oui, v'là le père Mathieu qui accourt tout bouleversé!

SCÈNE XI.

MATHIEU, MARGUERITE.

MARGUERITE.

Qu'est-ce qu'il y a donc, voisin? Est-ce que personne ne compte dormir cette nuit au village?

MATHIEU.

Ah! pauvre dame Marguerite, j'aurais mieux aimé dormir que de voir ce que j'ai vu.

MARGUERITE.

Comment? et pourquoi courez-vous ainsi les champs, à pareille heure?

MATHIEU.

Pourquoi?... qu'avez-vous fait de Marcelin, dame Marguerite?

MARGUERITE.

Marcelin?

MATHIEU.

Oui!... on vient de l'arrêter au château, pris sur le fait.

MARGUERITE.

Arrêté? lui?... Il est là!

MATHIEU.

Joliment!... Il m'avait bien semblé le reconnaître il y a une heure, quand il a passé près de moi en se cachant le visage.

MARGUERITE.

Qu'est-ce que vous dites?

MATHIEU.

Je dis que si ce n'est pas moi qui l'ai surpris, je l'ai très-bien vu quand les gendarmes l'ont amené chez le concierge.

MARGUERITE.

Ah çà! êtes-vous fou, père Mathieu? Je vous répète que Marcelin est dans sa chambre.

MATHIEU.

Ah bien oui!

MARGUERITE.

Et vous allez en avoir la preuve. (*Elle fait un pas pour aller vers la chambre de Marcelin; le père Marcel paraît à la porte du fond, Marguerite s'arrête en disant :*) Marcel!...

MATHIEU.

Vous verrez!

SCÈNE XII.

LES MÊMES, LE PÈRE MARCEL.

MARCEL, *très-gaîment*.

Sont-ils curieux les voisins!... sont-ils curieux! Eh! non, je ne sais pas, je n'ai rien vu, il se cachait le visage quand je l'ai fait arrêter.

MARGUERITE, *avec inquiétude.*

C'est donc vrai qu'il y a un jeune homme arrêté ?

MARCEL.

Oui, le voleur... son affaire est bonne. C'est pourtant moi qui l'ai fait prendre!... J'allais au château... qu'est-ce que je vois, malgré l'obscurité?... un particulier qui se glisse contre le mur et descend de la fenêtre du pavillon en s'accrochant aux crevasses... Je me dis : Voilà le voleur du père Mathieu!

MATHIEU, *à part.*

Plus à lui qu'à moi.

MARCEL.

J'appelle Jérôme, le concierge, chez qui étaient les gendarmes... ils viennent, et prennent mon scélérat qui courait déjà du côté de la forêt!... J'entre au château... mais, bah! madame la baronne ne recevait personne, elle était couchée... Je reviens... mais tout de même je n'ai pas perdu mon temps... le coquin ne volera plus.

MATHIEU.

Vol par escalade... la nuit... c'est grave!

MARCEL.

Oh! il faut bien un exemple.

MATHIEU.

Il ne mérite aucune pitié, lui... mais c'est bien cruel pour les parens.

MARCEL.

Des parens!... des parens!... Est-ce que les voleurs ont des parens?... Mais quelle figure faites-vous donc, père Mathieu?

MATHIEU, *reculant.*

Ah! mon Dieu!

MARCEL.

Parle donc, Marguerite!... Et vous, Mathieu! (*Silence.*) Oh! qui donc parlera? ce silence est affreux!

MARGUERITE, *pleurant.*

Marcelin...

MARCEL, *effrayé.*

Il est arrivé quelque chose à Marcelin? (*Il va à la chambre et appelle.*) Marcelin!

MATHIEU.

Est-ce qu'il peut venir puisqu'il est entre les mains des gendarmes?

MARCEL.

Mon fils!...

Il brouille la serrure en essayant d'ouvrir la porte.

MATHIEU.

Vous venez de le faire arrêter au château... c'était lui qui avait escaladé!...

MARCEL, *avec colère.*

Mon fils? ce n'est pas vrai?... ce n'est pas possible!... Marcelin!... Marcelin!... ouvre donc... Viens vite le confondre!... viens! (*Il parvient enfin à ouvrir la porte et entre vivement dans la chambre; on entend ensuite un cri, chacun fait un mouvement, puis le père Marcel reparaît pâle, abattu, défait.*) Il n'y est pas!... La fenêtre ouverte!... parti!... O mon Dieu!... mon Dieu!

Il tombe accablé sur un siége.

ACTE DEUXIÈME.

Le théâtre représente un salon dans le château de la baronne d'Ermont. Porte au fond. Portes latérales.

SCÈNE PREMIÈRE.

M. DE GABRIANNE, UN DOMESTIQUE *entrant par le fond; puis* Mme D'ERMONT *entrant par une porte latérale.*

M. DE GABRIANNE.

Ainsi, l'on a arrêté un voleur? on l'a pris sur le fait? et le concierge était parti pour aller m'en prévenir?

LE DOMESTIQUE.

Oui, monsieur le juge.

M. DE GABRIANNE.

Dans peu d'instans je l'interrogerai : il faut d'abord que je parle à madame la baronne d'Ermont; je l'entends, laissez-nous.

Le domestique sort.

Mme D'ERMONT, *entrant par une porte latérale.*

Bonjour, monsieur de Gabrianne; j'apprends votre arrivée, et il me tardait de vous revoir.

Elle lui tend la main *.

* Mme d'Ermont, M. de Gabrianne.

M. DE GABRIANNE, *lui baisant la main.*

Et à moi donc, madame la baronne!

Mme D'ERMONT, *riant.*

Il paraît que dans ce pays-ci, la justice a les yeux ouverts jour et nuit; car pour arriver d'aussi bon matin au château, il faut que vous soyez parti de la ville avant le jour.

M. DE GABRIANNE.

A peine, il est vrai, ai-je le temps de prendre un peu de repos, grâce à mes fonctions de juge d'instruction, dont je cherche à remplir exactement tous les devoirs.

Mme D'ERMONT, *souriant.*

Et il paraît aussi que les voleurs se lèvent encore plus matin que la justice : vous savez qu'on en a surpris un cette nuit au château?

M. DE GABRIANNE.

Je l'apprends en arrivant : je venais ici pour d'autres motifs.

Mme D'ERMONT.

Ah!

M. DE GABRIANNE.

Oui... des choses sérieuses pour vous.

Mme D'ERMONT.

Des choses sérieuses? faites-m'en grâce, à la campagne surtout... on s'y ennuie déjà tant.

M. DE GABRIANNE.

Oh! la raison ne viendra-t-elle donc jamais?

Mme D'ERMONT.

Ce n'est pas faute d'en entendre parler depuis que nous nous connaissons!... Bientôt dix ans, je crois?

M. DE GABRIANNE, *souriant.*

Vous en oubliez la moitié. Mettez-en vingt.

Mme D'ERMONT.

Eh bien, vingt! soit! Ah! j'ai fait sagement, après la mort du général, de refuser votre main... vous êtes trop raisonnable pour moi.

M. DE GABRIANNE.

Vous voulez dire trop vieux, n'est-ce pas? et pourtant vous allez me donner votre fille.

Mme D'ERMONT.

C'est convenu, grâce à l'héritage que vous venez de faire.

M. DE GABRIANNE.

Et malgré mes quarante-huit ans?

Mme D'ERMONT.

Anna en a cinquante pour les habitudes sérieuses; tandis que moi, en fait de raison, je n'ai que mon âge.

M. DE GABRIANNE, *riant.*

Votre âge?

Mme D'ERMONT, *riant.*

Oui, celui que je me donne.

M. DE GABRIANNE.

Voilà une franchise...

Mme D'ERMONT.

Qui demande grâce pour le reste, n'est-il pas vrai? D'ailleurs, moi, je ne connais personne qui dise la vérité sur son âge, et je n'irai pas être toute seule de vieille femme à Paris.

M. DE GABRIANNE.

Oh! point d'explications! on ne compte pas avec ses amis.

Mme D'ERMONT, *riant.*

C'est avec ses ennemis qu'il ne faut pas compter! et nos ennemis, ce sont les affaires, les ennuis, les marchandes de modes et les années!... Aussi je ne compte jamais avec rien de tout cela.

M. DE GABRIANNE.

C'est justement ce que je venais vous dire; car votre imprévoyance a été telle que maintenant...

Mme D'ERMONT.

Oh! pitié! vous m'accusez toujours! Est-ce par état? mais il me semble qu'un ami de quinze ans...

M. DE GABRIANNE.

Vingt!

Mme D'ERMONT, *riant.*

De vingt... allons, je le veux bien!... ne me connaît-il pas assez pour savoir que j'ai toujours eu horreur des affaires? Tant qu'a vécu le général, il recevait l'argent, je le dépensais, c'est assez juste; cela se doit faire ainsi dans les bons ménages. Depuis sa mort j'ai pris sans compter; je n'y regarde pas, moi, et pourvu que j'aie tout ce qu'il me faut, je n'en demande pas davantage. Ne faites-vous pas de même?

M. DE GABRIANNE.

Moi? oh! je suis loin d'avoir eu tout ce que je souhaitais jusqu à présent: les alternatives qu'a subies la fortune de mon père, dont les affaires furent parfois malheureuses, et sa sévérité paternelle, plus prodigue de leçons que de billets de banque, m'ont fait passer modestement ma vie dans un emploi de la magistrature qui ne me donnait guère que de la considération. L'héritage qu'il vient de me laisser s'élève à trois cent mille francs à peu près... voilà tout.

Mme D'ERMONT.

Vous venez de vendre la terre qu'il avait dans ce canton, et vous en avez fait apporter le prix hier au château.

M. DE GABRIANNE.

Sans doute! il fallait que cet argent fût ici aujourd'hui.

Mme D'ERMONT.

Je ne comprends pas pourquoi.

M. DE GABRIANNE.

Vous le comprendrez bientôt!... Mais ne parlons pas d'affaires puisque vous ne les aimez pas; sachez seulement, madame, que l'usage auquel je destine la meilleure partie de mon modeste héritage m'interdit l'espoir d'une vie opulente, et que je ne quitterai point mes fonctions de juge.

Mme D'ERMONT, *riant.*

Je le crois bien! chercher le mal, le constater et le punir! faire par devoir ce que l'on fait dans le monde par plaisir!

M. DE GABRIANNE.

Je ne vois pas, il est vrai, le beau côté de l'espèce humaine.

Mme D'ERMONT, *riant.*

Vous en seriez bien fâché, à en juger par le zèle que vous mettez à trouver des preuves de crime dans les plus légers indices. Vous savez que ma fille n'a rien; le général n'a laissé qu'un nom glorieux: Anna aura après moi ce que je possède, mais après moi seulement.

M. DE GABRIANNE.

Ne parlons pas de cela.

Mme D'ERMONT.

Oui, nous en causerons plus tard, à l'époque du mariage; aussi bien il y a une foule d'ennuyeuses gens qui prétendront que je ne leur donne pas tout ce que je leur dois.

M. DE GABRIANNE.

Je crains qu'ils n'aient raison.

Mme D'ERMONT.

Eh bien, on verra! Mais cette chère enfant a besoin d'un guide plus sévère que moi pour la diriger. Imaginez-vous qu'hier soir, me croyant partie pour la ville, où je compte passer une quinzaine de jours, elle avait quitté le château pour aller tout ce temps chez sa nourrice, une bonne paysanne de ce village, la femme d'un ancien soldat de mon mari. Elle me tourmentait depuis des années pour retourner auprès de ces braves gens, qui, en effet, ont bien soigné son enfance.

M. DE GABRIANNE.

Son cœur est si bon!

Mme D'ERMONT.

Mais ses idées sont beaucoup trop romanesques; il est temps qu'elle voie les choses de ce monde telles qu'elles sont : c'est pourquoi je veux la marier.

M. DE GABRIANNE, *souriant.*

Avec un vieux juge.

Mme D'ERMONT, *apercevant au fond Joseph et Mathieu.*

Que veulent ces paysans? (*Ils appellent; elle regarde Joseph.*) Qui vous amène ici?

SCÈNE II.

LES MÊMES, JOSEPH, MATHIEU *.

JOSEPH.

Pardon, excuse, madame la baronne, je suis Joseph, le frère de lait de mamselle Anna.

Mme D'ERMONT.

Ah!

JOSEPH.

Et ça, c'est le père Mathieu... (*Mouvement de Mathieu.*) Monsieur Mathieu je voulais dire... c'est l'adjoint du maire qui est mort, et que papa va remplacer. (*A demi-voix.*) Mais malgré ça bien ennuyeux, allez!

Mme D'ERMONT.

Oui da?

MATHIEU, *s'inclinant.*

C'est comme il a l'honneur de vous le dire, madame la baronne! vous voyez en moi toutes les autorités du pays, car le maire n'est pas encore nommé, et ne le sera sûrement plus maintenant.

JOSEPH.

Et pourquoi donc, s'il vous plaît? parce que vous aurez intrigué tout-à-l'heure sur la route avec les gendarmes?

MATHIEU.

Intrigué, moi? Vous m'avez, il est vrai, rencontré avec les gendarmes, mais c'est que la société des gendarmes est pleine d'agréments : on y apprend toutes les nouvelles du canton, les vols, les assassinats; ça fait de quoi causer le soir.

Mme D'ERMONT.

Vraiment?

M. DE GABRIANNE.

C'est comme les journaux à Paris.

JOSEPH.

Aussi je n'ai pas voulu le quitter, parce que j'ai deviné qu'il voulait demander la protection de madame la baronne pour tâcher d'obtenir la place destinée à un autre.

Mme D'ERMONT.

Ah!

M. DE GABRIANNE, *à Mme d'Ermont.*

Vous voyez que c'est encore comme à Paris.

JOSEPH.

Et si je n'étais pas là, il dirait peut-être quelque chose contre papa ou contre mon frère; car je l'ai entendu prononcer tout bas avec les gendarmes le nom de Marcelin.

MATHIEU, *d'un ton comiquement solennel.*

Oh! ne parlez pas de celui-là, enfant!... vous ne connaîtrez que trop tôt les fruits de l'éducation que votre père lui a donnée.

JOSEPH.

Là! voyez-vous!

Mme D'ERMONT.

Est-ce là tout ce qui vous amenait ici?

JOSEPH.

Pardon, madame la baronne, il y a encore autre chose; hier soir, mademoiselle Anna, ma sœur de lait, m'a dit : Joseph, dès le grand matin j'aurai une commission à te donner. Moi, je m'éveille avant le jour, je cours dans la forêt, où je déniche une fauvette pour lui en faire présent, puis je vais à la porte de mademoiselle Anna... bah! dénichée aussi!... partie... revenue au château! Alors, sans prendre le temps de parler à personne, je viens, comme je lui avais promis, chercher sa commission.

Mme D'ERMONT.

Ma fille a sans doute changé d'idée, car elle m'a dit qu'elle voulait rester seule toute cette matinée pour terminer un tableau, je crois. D'ailleurs, mon enfant, il ne manque pas ici de gens pour faire ses commissions.

JOSEPH.

C'est égal! j'avais promis, et, comme dit papa... (*il se retourne*) mais je ne me trompe pas, c'est lui qui vient. Ah! vous n'aurez pas beau jeu avec vos intrigues, monsieur Mathieu.

Mme D'ERMONT.

Le père Marcel, en effet! cela ressemble à une invasion.

SCÈNE III.

LES MÊMES, LE PÈRE MARCEL.

MARCEL, *s'arrêtant au fond et s'appuyant contre la porte, à lui-même.*

Je tremble en entrant au château ce matin!... mais il le faut. Ah! Mathieu ici!

MATHIEU, *allant à lui, bas.*

On ne sait encore rien de Marcelin.

MARCEL, *bas et comme soulagé.*

Ah! merci! (*Il s'avance.*) J'ai l'honneur de saluer madame la baronne*.

JOSEPH.

Mais, papa, vous semblez souffrir?

* M. de Gabrianne, Mme d'Ermont, Joseph, Mathieu.

* M. de Gabrianne, Mme d'Ermont, Marcel, Joseph, Mathieu.

Mme D'ERMONT.

De vos vieilles blessures peut être ?

MARCEL.

Oui, d'une blessure ; j'avais de la peine à marcher, j'ai cru que je ne pourrais jamais arriver jusqu'ici.

Mme D'ERMONT.

Si Anna vous eût vu, elle aurait couru au-devant de vous, car elle est bien reconnaissante de vos bons soins d'autrefois.

MARCEL.

Elle est si bonne ! pourquoi ne peut-elle pas vivre près de moi, près de nous, qui l'aimons tant? mais non! je n'aurai ni elle, ni peut-être...

Mme D'ERMONT.

Quelle tristesse !

JOSEPH.

Ah ! je devine! mademoiselle Anna partie sans vous dire adieu; eh bien, je vais la chercher... oh ! il faudra que je la trouve, et je la ramène ici !... ne vous affligez pas, bon père.

Il sort en courant.

SCÈNE IV.

M. DE GABRIANNE, Mme D'ERMONT, MARCEL, MATHIEU.

MARCEL, *à part.*

Contraignons-nous !

Mme D'ERMONT.

Vous si gai d'ordinaire! (*A M. de Gabrianne.*) C'est un vieux soldat... un brave qui a fait toutes les campagnes de l'empereur.

MARCEL, *se déridant un peu à mesure qu'il parle du passé.*

Oh ! pour cela, c'est vrai!

Mme D'ERMONT.

Vous souvenez-vous de Dresde?

MARCEL.

Si je m'en souviens? Des princes, des rois, des empereurs à n'en plus finir!... Et lui! le roi de tous!... malgré ça... diable de ville! car j'y fus un peu niais; je ne l'étais pourtant déjà plus devant l'ennemi... oui, on ne tremblait pas au milieu des balles qu'il envoyait; mais, s'il faut tout dire, on tremblait devant une fleur qui tombait d'une fenêtre... Ah ! il y avait dans ce pays-là des sourires qui faisaient plus d'effet que des bombes!... Hélas ! il n'y a plus de fleurs, plus de sourires et plus de boulets de canon pour vous emporter quand vous avez du chagrin!

M. DE GABRIANNE.

Je vous connais de réputation, monsieur Marcel; votre nom est honoré dans le pays.

MARCEL.

Monsieur...

Mme D'ERMONT.

Vous aurez affaire ensemble tout-à-l'heure. (*A Marcel.*) Monsieur est le juge d'instruction à qui vous ferez votre déposition sur le voleur que vous avez fait arrêter cette nuit : car on dit que c'est vous...

MARCEL, *avec angoisse.*

Oui, c'est moi, c'est moi.

M. DE GABRIANNE, *à Marcel**.

Les honnêtes gens doivent s'entendre contre les coquins, et nous nous entendrons.

Il lui tend une main que Marcel ne prend pas.

MARCEL, *troublé.*

Monsieur, cet honneur! (*A part.*) O Marcelin !

Mme D'ERMONT.

Qu a-t-il donc ?

M. DE GABRIANNE, *l'examinant.*

C'est singulier... ce trouble...

MATHIEU, *à part.*

On serait troublé à moins.

Mme D'ERMONT.

Je ne vous reconnais plus.

M. DE GABRIANNE, *à part.*

Il y a quelque chose là-dessous.

MARCEL.

Ah! ma foi, je ne peux me contraindre plus long-temps ; j'aime mieux tout dire... aussi bien il faut que tout s'éclaircisse!

SCÈNE V.

LES MÊMES, JOSEPH.

JOSEPH, *entrant vivement, à la cantonade.*

Je vous dis que j'entrerai malgré vous**.

Mme D'ERMONT.

Qu'y a-t-il?

JOSEPH.

Je viens demander justice à madame la baronne; j'allais chercher mademoiselle Anna; voilà que tout à coup j'aperçois mon frère Marcelin à travers la fenêtre d'une chambre où on l'a enfermé!

Mme D'ERMONT.

Marcelin? enfermé!

JOSEPH.

Je veux courir vers mon frère... alors ne s'avise-t-on pas de vouloir m'arrêter aussi ?

Mme D'ERMONT.

Quoi ! ce jeune homme arrêté cette nuit...

JOSEPH.

C'est Marcelin, mon frère ! et l'on ne veut pas que je lui parle, que je le voie, que je sache comment il est là !

M. DE GABRIANNE.

Je comprends maintenant la vérité!

MARCEL***.

La vérité? ah ! monsieur, qu'il me tarde de la savoir tout entière!... par grâce, qu'il vienne,

* Mme d'Ermont, M. de Gabrianne, Marcel, Mathieu.

** Mme d'Ermont, M. de Gabrianne, Joseph, Marcel, Mathieu.

*** Mme d'Ermont, M. de Gabrianne, Marcel, Joseph, Mathieu.

qu'on l'interroge à l'instant... car, voyez-vous, c'est affreux ce que souffre un pauvre père en se disant : Il est là, arrêté comme un coupable, mon enfant, que j'ai élevé, que je croyais si honnête, que j'espérais voir si heureux !

MATHIEU.

C'est votre enfant, oui ! mais vous ne l'avez pas élevé près de vous, père Marcel, et le mal est là, à Paris ! vous l'avez envoyé à Paris ! au milieu du luxe, de l'or, des festins, que sais-je ?... la tête tourne, le cœur manque, et... on en a tant vu comme ça !

MARCEL, *avec effroi.*

Oh !... (*Se remettant, et avec plus de calme.*) Non ! ce n'est pas possible ! (*Avec impatience.*) Mais que tout le monde le sache donc bien vite.

Mme D'ERMONT.

Tenez, on devine votre désir et le mien : voici Marcelin avec les témoins et nombre de personnes.... c'est bien !... cette arrestation ne peut être qu'une méprise, et elle ne saurait cesser trop tôt.

M. DE GABRIANNE.

S'il n'y a pas lieu de poursuivre, nous ordonnerons que le prévenu soit mis en liberté sur-le-champ.

MARCEL.

Ah ! enfin !...

SCÈNE VI.

LES MÊMES, MARCELIN, DOMESTIQUES, PAYSANS*.

MARCEL, *aux paysans.*

Approchez tous ! et dites si le père Marcel n'est pas depuis long-temps aimé et estimé dans tout le village.

LES PAYSANS.

Oui ! oui !...

MARCEL.

N'est-ce pas, mes amis, que j'ai été un bon camarade, honnête et tout dévoué à tous ?

LE NOTABLE.

Oh ! la perle des hommes !... si serviable, si bon, si charitable !

MARCEL.

Eh bien, est-ce que je n'ai pas élevé mes enfans à faire de même ? Est-ce qu'ils ne seront pas aussi des braves garçons ? Pourtant voilà Marcelin amené comme un criminel, lui !

MARCELIN.

Mon père !

MARCEL.

Mais il faut que justice se fasse, et vite ! pour que chacun reprenne sa tranquillité, sa réputation et sa joie, n'est-il pas vrai ? Maintenant à vous, monsieur le juge !**

* Mme d'Ermont *assise*, M. de Gabrianne, Marcel, Marcelin, Joseph, Mathieu, les paysans *sur le deuxième plan.*

** Mme d'Ermont, M. de Gabrianne, Marcelin, Marcel, Joseph, Mathieu, paysans *au fond.*

M. DE GABRIANNE.

Qui de vous peut me rendre compte des événemens de la nuit ?... me dire pourquoi l'on a arrêté ce jeune homme ? où on l'a arrêté ?

MATHIEU, *s'approchant un peu.*

Monsieur le juge, voici la chose : Depuis quelque temps on voyait des traces de pas sous les murs du château ; on entendait des bruits la nuit... deux couverts d'argent et une timbale au concierge avaient disparu comme par enchantement, et l'enchanteur avait dû passer par une fenêtre restée ouverte ; nous étions tous aux aguets, je ne dormais plus que d'un œil... Hier soir, j'étais sur la route avec un gendarme, j'entends des cris, c'était le père Marcel qui avait aperçu un homme glissant comme un lézard le long d'un mur et descendant de la fenêtre du pavillon ; je me mets à courir avec un gendarme, et à l'entrée de la forêt je lui mets la main dessus avec un gendarme ; on n'y voyait guère, et il se cachait le visage ; mais arrivé chez le concierge, je veux voir de quoi il retourne, les autres aussi... et alors c'est un cri d'étonnement : Marcelin ! Marcelin !... Depuis ce moment il n'a pas dit un seul mot... mais les autres s'en sont diablement dédommagés en parlant toujours. Voilà toute l'affaire, monsieur le juge.

Il regagne sa place.

MARCEL.

Toute l'affaire est, j'en suis sûr, dans deux mots que va dire mon fils, et qui expliqueront tout cela.

M. DE GABRIANNE.

Parlez donc, Marcelin. (*Silence.*) Pourquoi ne répondez-vous pas ?

MARCEL.

Ça intimide, voyez-vous, monsieur le juge, d'être là comme un criminel ; il va se remettre... Allons, explique-toi, mon garçon... Si vous l'interrogiez seulement...

M. DE GABRIANNE.

Quelle raison avez-vous eue de sortir ainsi de chez vous la nuit ?... Qu'alliez-vous faire dans ce pavillon ?

MARCELIN.

Monsieur...

MARCEL, *à part.*

Parlera-t-il ?

MARCELIN.

Je ne suis pas coupable de ce dont on m'accuse.

M. DE GABRIANNE.

Mais enfin, quel motif a pu vous conduire là, à l'heure où l'on est ordinairement rentré chez soi ?

MARCEL, *à part.*

Son silence me donne une sueur froide.

M. DE GABRIANNE.

Tant d'hésitation doit m'être suspecte ; quand on n'a rien fait de mal, on ne craint pas de raconter ses actions et d'en dire les motifs.

MARCEL.

Sans doute!... (*A part.*) Qu'est-ce qu'il y a donc?

M. DE GABRIANNE.

Ce pavillon est-il habité par quelqu'un?

MARCELIN, *vivement.*

Non, monsieur, non, il n'est habité par personne.

Mme D'ERMONT.

Quelquefois Anna s'y tient, mais hier soir elle était chez sa nourrice.

M. DE GABRIANNE.

Pourquoi donc vous introduire, la nuit, par escalade, dans ce pavillon?... Répondez.

MARCELIN.

Je ne suis pas coupable... voilà tout ce que je puis dire.

M. DE GABRIANNE.

Mais tous les accusés disent cela : il s'agit de le prouver.

MARCEL, *à part.*

Et pas un mot pour se justifier!

M. DE GABRIANNE.

Savez-vous qu'il est impossible de ne pas vous accuser?... Un vol a été commis la nuit précédente; vous savez qu'on a porté de l'argent au château, vous vous y introduisez la nuit, on vous surprend... et vous ne voulez pas répondre!

MARCEL.

Oh! réponds, Marcelin, réponds, quand ce ne serait que pour ton père.

Mme D'ERMONT.

Qu'il le regarde seulement, et il n'aura plus le courage de se taire, si ce qu'il peut dire doit le justifier.

MARCELIN.

Mon père!

MARCEL.

Mais qu'est-ce qu'il y a?... qu'est-ce qu'il y a?

M. DE GABRIANNE.

Il y a que malheureusement ce jeune homme n'a rien à dire pour sa justification, et qu'il ne me reste plus qu'à le faire conduire à la prison de la ville.

MARCELIN.

A la prison!... moi!... oh!

Il s'appuie contre un meuble.

MARCEL.

Ah! tout cela n'est pas possible!... c'est un mauvais rêve que je fais! (*Allant à M. de Gabrianne.*) Monsieur le juge, laissez-moi lui parler... oh! je vous en supplie, laissez-moi lui parler seul, à mon fils, avant de me séparer de lui.

M. DE GABRIANNE.

J'y consens. Éloignez-vous tous! Et vous, madame la baronne, permettez que je vous accompagne.

CHOEUR.

Air : *Vous disiez vrai, mademoiselle* (Pensionnaire mariée).

Marcelin rompra le silence;
Retirons-nous sans plus tarder,
Et bientôt à la confiance
Son père va le décider.

Tout le monde s'éloigne.

SCÈNE VII.

LE PÈRE MARCEL, MARCELIN.

Un moment de silence. Ils sont loin l'un de l'autre, et parlent d'abord sans se regarder.

MARCEL.

Marcelin!

MARCELIN.

Mon père!

MARCEL, *le regardant en dessous.*

Comme il est pâle!

MARCELIN, *de même.*

Comme il est abattu!

MARCEL.

J'ai été un bon père pour toi, Marcelin.

MARCELIN.

Le meilleur des pères.

MARCEL.

Tout enfant, veiller sur toi, c'était mon bonheur.

MARCELIN.

Je m'en souviens.

MARCEL.

C'est qu'aussi tu es venu le premier égayer notre pauvre maison, après les tristes jours où j'avais tant souffert!

MARCELIN.

Oui... malade et blessé...

MARCEL.

Au cœur, par nos défaites... Rien ne me consolait, pas même cette bonne Marguerite; elle commençait à devenir triste comme moi... Eh bien! quand tu vins au monde, quand il y a eu un petit enfant dans cette maison, c'est pourtant vrai, ça ne se comprend pas, mais quand tu fus là, toute la maison se remplit de joie; oui, un enfant, on le caresse, on l'aime, on met son bonheur à l'élever, à le voir grandir, à le rendre heureux... et puis dire qu'après vingt ans de soins et de tendresse, un beau jour, il fait une sottise, une folie, et vous voilà tous malheureux pour le reste de votre vie.

MARCELIN.

Oh! mon Dieu! mais je n'ai rien oublié, ni vos soins, ni votre amour pour moi.

MARCEL.

Ce n'est pas tout!... est-ce que je ne te disais pas : Marcelin, sois bien instruit, ce sera ta fortune; sois bien heureux, ce sera la joie de ton vieux père; mais surtout, sois honnête homme, c'est le devoir de tous!

MARCELIN.

Mais je n'ai pas oublié cela non plus, mon père.

MARCEL, *regardant autour de la chambre.*

Il n'y a personne ici, nous sommes bien seuls, Marcelin, la vérité... la vérité tout entière.

MARCELIN.

Mon père, vous devez la savoir.

MARCEL.

Hélas! je le croyais, et pourtant, oh! c'est affreux de demander et d'entendre pareille chose! mais il le faut... je veux connaître les plus petits détails.

MARCELIN.

Eh bien! je vous dirai tout, mon père.

MARCEL.

Oui! comment tu t'es échappé quand je t'avais enfermé; et cela pour entrer au château par une fenêtre! et encore il aurait pu se tuer! Ah! c'est horrible!

MARCELIN.

Est-ce que j'y pensais, puisque personne ne devait le voir?... qu'un chiffre y était brodé!

MARCEL, *stupéfait.*

Heim!

MARCELIN.

Oui! et qu'elle aurait été compromise si on l'avait trouvé en son absence.

MARCEL, *l'examinant avec étonnement.*

Pauvre malheureux!

MARCELIN.

Heureux, le plus heureux des hommes! car c'est une preuve d'amour, et si vous aviez vu de quel air doux et bon elle disait : Je le préférerais pour parure, pendant le bal de demain, aux bijoux les plus brillans.

MARCEL.

Ah! mon Dieu! la tête est partie!

MARCELIN.

Moi qui n'avais jamais rien espéré, j'ai commencé à croire qu'elle m'aimait... Préférer à tout le ruban qu'elle tenait de moi!

MARCEL, *le regardant toujours avec une surprise douloureuse.*

Le ruban?

MARCELIN.

Pour l'avoir, pour qu'elle pût s'en parer le lendemain, mais j'aurais fait cent lieues, mais je serais monté sur le toit, s'il l'avait fallu, au lieu de monter par la fenêtre.

MARCEL, *commençant à comprendre.*

Qu'est-ce que tu dis de ruban et de fenêtre?

MARCELIN.

Est-ce que vous n'en auriez pas fait autant pour celle que vous aimiez? pour le ruban qu'elle désirait?

MARCEL.

Attends! attends! un ruban... une fenêtre qu'on escalade pour l'avoir! un amour insensé! et voilà tout.

MARCELIN.

Qu'est-ce donc qu'il pourrait y avoir encore?

MARCEL, *avec transport.*

Rien! rien! Oh! n'est-ce pas qu'il ne pouvait rien y avoir de plus? rien de mal de la part de mon fils, de mon enfant!... (*Il l'embrasse.*) Mon Marcelin! ils l'ont pourtant soupçonné, accusé, arrêté!

MARCELIN.

Ils m'ont pris pour un voleur...?

MARCEL, *avec indignation.*

Ils l'ont pris pour un voleur!

MARCELIN.

Comme si c'était possible?

MARCEL, *de même.*

Mais non, ça n'était pas possible!

MARCELIN.

Moi, votre fils!

MARCEL, *agité par la joie.*

Ah! mon Dieu! mon Dieu! que ça fait du bien! (*Il l'embrasse vivement.*) Mon pauvre enfant, il est honnête, bon, simple, plein de cœur! Quelle joie! il ne pouvait pas en être autrement... Je le savais bien... malgré ça! (*Il essuie une larme.*) Allons, ne voilà-t-il pas que je pleure à présent comme un conscrit?... moi, un vieux soldat!... Bien content tout de même!... Ah! je respire, enfin!...

MARCELIN, *avec chagrin.*

O mon père! vous aussi, vous m'avez soupçonné!

MARCEL.

Moi? non, non, j'étais malade, je me sens guéri.

MARCELIN.

Quel bonheur!

MARCEL.

Oh! oui, c'est un bonheur!... Qu'ils viennent donc maintenant!... qu'ils viennent tous!.. (*Il arpente vivement le théâtre.*) Monsieur le juge, madame la baronne, Mathieu, Marguerite.

MARCELIN, *cherchant à le retenir.*

Mon père!

MARCEL.

Tiens, mais je crois que c'est moi qui deviens fou à présent! Ce cher Marcelin! Eh bien, est-ce qu'ils ne viendront pas?

MARCELIN.

Arrêtez, mon père! arrêtez! ne les appelez pas!... Irais-je, moi, avouer un amour insensé? mais c'est impossible!

MARCEL.

Heim?

MARCELIN.

Oui, plus impossible encore que vous ne le croyez. Je le dis à vous seul, à mon père! elle y était, elle, dans ce pavillon!

MARCEL.

Comment?

MARCELIN.

Oui, elle avait quitté notre maison, elle entre là pendant que j'y étais, et elle est restée avec moi, seule, la nuit! avec moi qui suis le fils d'un pauvre soldat, d'une paysanne, et qui ne pourrais en lui offrant ma main, réparer le tort que j'aurais fait à sa réputation! Vous voyez donc bien qu'il est impossible que je me justifie devant d'autres que devant vous.

MARCEL.

Ah! grand Dieu! que faire à présent?

MARCELIN.

Vous avez appelé, et l'on arrive!

MARCEL.

AIR : *Vaudeville de Préville et Taconnet.*

Eh bien, viens là, te placer sur mon cœur,
Entre mes bras qu'à leurs yeux je te presse;
Pourra-t-on dir' qu'il a trahi l'honneur
Le fils que son vieux père embrasse avec ivresse?
Pour qu'ils sach' bien qu' tu n' flétris pas mon nom;
Mon pauvre enfant, reste là d'vant ton juge!...
Contre l' malheur et contre le soupçon
Le cœur d'un père est le meilleur refuge!

SCÈNE VIII.

M. DE GABRIANNE, LE PÈRE MARCEL, MARCELIN.

M. DE GABRIANNE.

N'appeliez-vous pas? qu'aviez-vous à dire?

MARCEL.

Attendez! il ne faut pas que je m'attendrisse, parce que pour parler à des juges... Diable! la justice n'entend pas de cette oreille-là! Voyez-vous bien, monsieur, Marcelin est le plus brave garçon du monde! c'est innocent comme l'enfant qui vient de naître. Mais, voyons, monsieur, si je vous disais, là, entre nous...

MARCELIN, *tirant Marcel par son habit.*

Mon père!

MARCEL.

Ne crains rien, l'honneur des dames avant tout, on sait ça. (*A Gabrianne.*) Que diable, vous n'avez pas toujours eu des cheveux gris, monsieur le juge! ni moi non plus! et dans notre temps...

M. DE GABRIANNE.

Finirez-vous...?

MARCEL.

Est-ce que ça vous fâche que je vous dise que vous avez des cheveux gris? Mais il ne s'agit pas de ça, il s'agit d'aller chercher votre coquin ailleurs qu'ici, parce que ce jeune homme n'est pas plus coupable que vous et moi! vous n'avez plus qu'à le relâcher.

M. DE GABRIANNE.

Volontiers! dès que vous aurez tout expliqué naturellement devant ceux qui ont été témoins de l'arrestation.

MARCEL.

Et si l'on ne peut rien expliquer?

M. DE GABRIANNE.

Les choses alors restent comme elles étaient.

MARCEL.

Comme elles étaient? non pas, pardieu! car à présent, moi, son père, moi, vieux soldat, qui n'ai jamais menti, je vous jure que ce jeune homme est innocent de ce dont on l'accuse.

M. DE GABRIANNE, *avec impatience.*

Mais je ne vous demande que des raisons pour croire à vos paroles.

MARCEL.

Des raisons? vous en voulez? Eh! monsieur...

AIR : *T'en souviens-tu.*

Demandez-les aux pauvres du village,
Avec lesquels j'ai toujours partagé!
Demandez-les à trente ans de courage,
A ce qui souffre et que j'ai soulagé!
Ne craignez plus que votre âme attendrie
Prête au mensonge un air de vérité,
Quand je vous offre en garantie
Mes soixante ans de probité.

M. DE GABRIANNE.

Certes, je prenais intérêt à vous : votre bonne réputation, votre âge, tout me disposait à l'indulgence... mais vous n'expliquez rien, et mon devoir à présent est d'ordonner que ce jeune homme soit conduit à la ville.

MARCELIN, *à part.*

O mon Dieu!

MARCEL, *très-vivement.*

Au nom du ciel, monsieur, écoutez-moi! n'usez pas de votre pouvoir et de la rigueur des lois! Voyez, c'est à peine un homme, et sa vie tout entière serait perdue, si le soupçon, un soupçon infâme la flétrissait ainsi dès les premiers jours! pour lui, plus d'avenir! Et je le jure, monsieur, il est honnête, son cœur et ses actions sont pures! Mon Dieu, s'il vous faut à tout prix un accusé, eh bien! prenez-moi plutôt!

MARCELIN.

Mon père!

M. DE GABRIANNE.

Quelle folie!

MARCEL.

Il y a trente ans qu'un boulet de canon aurait pu m'emporter; je ne suis plus bon à rien! et lui, il est jeune, fort, intelligent! il a une mère à soutenir, un frère à protéger! Puis, on l'aime, monsieur! il y a tant d'intérêts, de bonheur et d'espérances qui reposent sur la vie d'un homme de son âge! ah! laissez-la donc libre et sans tache, la sienne! et prenez ce qui m'en reste à moi! (*Il se jette à genoux malgré Marcelin, qui veut le retenir.*) Monsieur, je vous en conjure, ayez pitié de lui, de son vieux père, qui ne vous quittera pas que vous n'ayez écouté sa prière.

M. DE GABRIANNE.

Mais ce que vous demandez est impossible!

SCÈNE IX.

LES MÊMES, UN DOMESTIQUE.

LE DOMESTIQUE.

Madame la baronne désire parler à monsieur de Gabrianne.

MARCEL, *avec une vive surprise.*

Gabrianne !

M. DE GABRIANNE.

Je vais me rendre auprès d'elle.

Le domestique sort.

MARCEL, *très-vivement.*

Vous vous nommez monsieur de Gabrianne?

M. DE GABRIANNE.

Sans doute.

MARCEL.

Votre père était banquier à Paris, chaussée d'Antin ?

M. DE GABRIANNE.

Sûrement !

MARCELIN, *étonné de l'expression de son père.*

Mon père !

MARCEL, *vivement.*

Silence, Marcelin, silence ! cette affaire ne regarde que moi ! Entre ici !

Il le pousse vers la porte de droite.

M. DE GABRIANNE, *étonné.*

Mais...

MARCEL.

Oh ! ne craignez rien ! mon fils ne cherchera pas à vous échapper ; j'engage pour lui ma parole, et il ne fera pas mentir son vieux père ! Va, Marcelin, va !

Il fait entrer Marcelin dans une pièce latérale.

SCÈNE X.

M. DE GABRIANNE, LE PÈRE MARCEL.

MARCEL.

Maintenant, monsieur, à nous deux !

M. DE GABRIANNE.

Mais, êtes-vous fou ?

MARCEL.

Je vous dis que vous m'écouterez ! il faudra bien que vous m'écoutiez !

M. DE GABRIANNE.

Encore une fois...

MARCEL.

Ah ! j'étais à vos pieds tout-à-l'heure !... je priais pour un accusé, et vous repoussiez ma prière ; mais les rôles changent, monsieur de Gabrianne !... Je ne prie plus, et j'accuse à mon tour !

M. DE GABRIANNE.

Pauvre insensé !

MARCEL.

Oui, vous me regardez avec pitié !... Je suis un pauvre fou, moi... n'est-ce pas ? Vous êtes sage, riche et considéré, vous ?... A notre place, on ne vous soupçonnerait pas ? sur votre parole on vous croirait ? Ah ! battez-vous donc trente ans, laissant un peu de votre sang sur tous les champs de bataille, et cela ne fera pas tant pour l'honneur de votre enfant que si vous aviez passé ce temps-là à amasser de l'argent à tout prix, et même en gardant celui qui ne vous appartenait pas !... voilà la justice de ce monde !

M. DE GABRIANNE.

Qu'osez-vous dire ?

MARCEL.

Je dis qu'il y a de rudes journées et de dures épreuves, et que si l'on n'espérait pas dans l'autre vie, il y aurait de quoi se désespérer dans celle-ci !... Je dis qu'il y a plus de vingt ans, j'avais une somme d'argent considérable ; elle m'eût rendu riche, moi et ma famille !... Je la remis à un de ces hommes dont la situation, la fortune apparente attirent l'estime et la confiance publiques, et qui ne s'en servent, trop souvent, que pour faire des dupes et des malheureux.

M. DE GABRIANNE, *troublé.*

Comment ?

MARCEL.

Je dis qu'en allant me battre en pays étranger, je confiai ma fortune à un banquier !... Je crus que les lois de mon pays que j'allais défendre, défendraient à leur tour mon bien contre les fripons !... Ah ! c'est alors que j'étais fou.

M. DE GABRIANNE.

Mais enfin...

MARCEL.

Oui, j'étais fou ! car cet homme, quand je lui portai mon argent, il n'ignorait pas sa position, et il le prit pourtant ! et six mois après il avait fait banqueroute !... Et cet homme, il demeurait dans la chaussée d'Antin, il se nommait monsieur de Gabrianne.

M. DE GABRIANNE, *troublé.*

Ce que vous avancez là...

MARCEL.

Je le prouverai ! j'ai tous les papiers, tous les titres !... ça ne peut pas me servir à ravoir mon argent, je le sais bien, il s'est passé trop d'années depuis ce temps-là ; mais je peux m'en servir au moins pour crier partout sur votre passage : Vous voyez bien ce magistrat si sévère qui ne veut pas croire à ma parole quand je lui jure que mon fils est innocent ? Ce juge impitoyable qui ne craint pas de le flétrir en le faisant traîner en prison comme un criminel ? Eh bien ! son père, savez-vous ce qu'il a fait ? L'argent que je lui avais remis avec confiance, il l'a pris, gardé, enlevé à un pauvre soldat, qui s'était fié à son honneur!

M. DE GABRIANNE, *violemment.*

Ah! vous ne direz pas cela!

MARCEL, *d'un ton plus doux.*

Non, non! je ne dirai rien si vous me rendez mon fils! je me tairai, je vous remettrai ces papiers qui me donnent le droit de flétrir la mémoire de votre père; son nom sera honoré, béni; mais honneur pour honneur, monsieur de Gabrianne! le voulez-vous?

M. DE GABRIANNE.

Que me proposez-vous, monsieur? vous ne me connaissez pas, vous qui venez m'offrir un semblable marché!... Qui vous autorise à penser que je transigerai avec mes devoirs? Si votre fils est innocent, qu'il le prouve! s'il est coupable, il doit être puni, et il le sera! Quant à cette accusation que vous portez contre mon père, je dois vous dire, monsieur, que jamais il ne l'a méritée; des chances malheureuses le ruinèrent.

MARCEL.

Ah!

M. DE GABRIANNE.

Ce qu'il fit d'efforts pour maîtriser la fortune, ce qu'il éprouva, quand, abandonnant tout à ses créanciers, il vit qu'il ne pouvait les satisfaire, ah! cela ne peut se comprendre! Vous ne savez pas ce que nous avons souffert.

MARCEL.

Vous? et que dirais-je donc, moi?

M. DE GABRIANNE.

Ah! ne portez pas envie à ceux qui poursuivent la fortune aux dépens de leur repos, au risque de leur honneur! Votre périlleux métier de soldat vaut mieux mille fois, car le malheur et la mort même ne sont pas sans gloire quand on défend son pays!... Mais mon père! il mourut en travaillant pour s'acquitter. Il croyait alors que le peu qu'il laissait à son fils lui appartenait bien, et que nul n'avait le droit de rien réclamer de lui.

MARCEL.

Mais je ne réclame que mon enfant! sa liberté en échange de ces papiers! voyez, monsieur.

Il remet le papier à M. de Gabrianne.

M. DE GABRIANNE.

Madame la baronne!

SCÈNE XI.

Mme D'ERMONT, M. DE GABRIANNE, LE PÈRE MARCEL.

Mme D'ERMONT.

Il faut donc que je vienne vous chercher moi-même, monsieur de Gabrianne?

M. DE GABRIANNE.

Madame...

Mme D'ERMONT.

Mais quel papier lisez-vous là?

M. DE GABRIANNE, *troublé.*

Ce papier...

Mme D'ERMONT.

Mes créanciers se seraient-ils donc adressés à vous?

MARCEL.

Vos créanciers?

Mme D'ERMONT.

Ne viens-je pas de recevoir une lettre où l'on me menace de s'emparer de cette terre, la seule propriété qui me reste? Mais comme vous êtes troublé, monsieur de Gabrianne!

SCÈNE XII.

LES MÊMES, ANNA *.

ANNA.

Ma mère!

Mme D'ERMONT.

Anna!

ANNA.

Je viens d'apprendre que vous savez tout, enfin! Oui, ma mère, notre ruine est complète.

MARCEL, *à lui-même.*

Ah! mon Dieu!

ANNA.

Je viens partager vos chagrins et vous en consoler! pourtant, je suis bien malheureuse!

JOSEPH, *dans la coulisse.*

Venez tous! venez!

ANNA.

C'est Joseph! que veut-il?

SCÈNE XIII.

MATHIEU, Mme D'ERMONT, ANNA, M. DE GABRIANNE, JOSEPH, LE PÈRE MARCEL.

JOSEPH.

Ce que je veux? dire la vérité sur Marcelin, car je la sais, moi, je l'ai devinée!

MARCEL, *vivement.*

Tais-toi!

ANNA, *à Joseph.*

Qu'avez-vous deviné?

JOSEPH.

Oh! mademoiselle Anna sait aussi!...

ANNA, *avec inquiétude.*

Quoi donc?

* Mme d'Ermont, Anna, M. de Gabrianne, le père Marcel.

MARCEL, *retenant Joseph**.

Joseph, si tu dis un mot !...

Mme D'ERMONT.

Qu'est-ce donc, monsieur de Gabrianne ?

M. DE GABRIANNE.

Monsieur Marcel, reprenez d'abord ces papiers, ils sont en règle! puis dites-moi pourquoi vous empêchez cet enfant de parler ?

MARCEL.

Il doit se taire.

M. DE GABRIANNE.

Mademoiselle Anna, vous semblez inquiète, agitée ?

ANNA.

Moi ?

M. DE GABRIANNE.

Oui, et je veux... (*Il va à la porte à droite du public et l'ouvre en appelant.*) Marcelin !

MATHIEU.

S'est-il justifié, ou va-t-on l'emmener à la ville ?

ANNA.

L'emmener? et pourquoi ?

MATHIEU.

Vous ne savez rien ?

SCÈNE XIV.

LES MÊMES, MARCELIN**.

M. DE GABRIANNE.

Silence!... Marcelin, avancez !

MARCELIN, *à part.*

Devant elle !

M. DE GABRIANNE.

Avant de vous faire conduire à la ville... (*Anna fait un mouvement, Gabrianne lui impose silence du geste.*) un mot encore. Voulez-vous parler? Je prends intérêt à vous, à vos parens, qui ont élevé mademoiselle d'Ermont.

Mme D'ERMONT.

Et vous le devez, monsieur de Gabrianne, puisqu'elle va devenir votre femme.

MARCEL.

Sa femme? à lui !

MARCELIN, *à part.*

Oh! c'en est trop !

JOSEPH, *à part.*

C'est lui qui est le vieux !

M. DE GABRIANNE, *regardant Marcelin.*

Oui, sans doute, ma femme! Et je voudrais sauver le fils de Marcel.

* Mathieu, Mme d'Ermont, Anna, M. de Gabrianne, le père Marcel, Joseph.

** Mathieu, Mme d'Ermont, Anna, M. de Gabrianne, Marcelin, Marcel, Joseph.

ANNA, *étonné.*

Le sauver ?

M. DE GABRIANNE.

Il n'a peut-être qu'un mot à dire pour cela, car je commence à soupçonner...

ANNA, *vivement.*

Mais de quoi donc voulez-vous sauver Marcelin ?

JOSEPH.

Ne l'accuse-t-on pas d'avoir escaladé le pavillon cette nuit pour voler ?

ANNA.

N'achevez pas!... Le pavillon, cette nuit?... on l'accuse, et il ne dit rien !

Mme D'ERMONT.

Un silence obstiné...

ANNA.

Il n'a pas dit que c'était pour moi, à cause de moi qu'il était là ?

Mme D'ERMONT.

Ciel! que va-t-on penser ?

ANNA.

Ma mère, on pensera que je l'aimais.

MARCELIN, *avec joie.*

O mon Dieu !

MARCEL, *à part.*

C'est elle qui l'a dit!

M. DE GABRIANNE.

Marcel le savait, et il ne disait rien pour sauver son fils, lui qui eût tout sacrifié !

MARCEL.

Est-ce que je pouvais sacrifier sa réputation, à elle ? (*Montrant le papier qu'il tient.*) Mais ceci? ah! je l'aurais donné de bon cœur, même quand ça vaudrait encore...

M. DE GABRIANNE, *allant à Marcel.*

Vous n'avez rien perdu, monsieur.

MARCEL.

Comment ?

Mme D'ERMONT.

Qu'est-ce donc ?

M. DE GABRIANNE.

Madame la baronne, mon père reçut jadis une somme considérable d'un soldat qui ne reparut plus, je la lui rends aujourd'hui.

MARCEL.

Vous me la rendez ?

Mouvement général.

ANNA.

Marcelin, vous qui vous laissiez accuser pour moi, adieu pour toujours!... Ma mère, nous quitterons ce château!

MARCEL.

Et pourquoi donc quitterait-on mon château ?

MATHIEU.

Son château?

Étonnement général.

MARCEL.

Oui, voisin!... Je pourrais bien aussi me moquer du monde, être vaniteux, fier et ridicule, si ça me faisait plaisir, et dédaigner les camarades, parce que je suis riche; mais halte-là ! le père Marcel fait le moins de bêtises qu'il peut! La fortune, c'est une femme!...elle a ses caprices, c'est juste; il faut en profiter, c'est bien!... mais ça ne doit rien faire oublier! A Marguerite et à moi... notre chaumière!... le bonheur nous y trouva pendant vingt-cinq ans: il ne nous suivrait peut-être pas ailleurs!... (*Indiquant Joseph.*) A ce gamin-là, le collége, l'École Militaire!... ce sera officier, voilà son affaire!... Quant au château, les châteaux sont faits pour les baronnes; il vous reste, madame, et je paie toutes les dettes.

Mme D'ERMONT.

Est-ce possible ?

M. DE GABRIANNE.

Vous le voyez, madame, grâce à la noblesse de son cœur, l'argent que j'avais fait apporter ici reçoit la destination que je lui avais donnée. Maintenant, le père est riche, le fils est aimé; il me semble qu'il ne reste plus...

Mme D'ERMONT, *souriant.*

Qu'à garder Marcelin au château, afin qu'il ne...

M. DE GABRIANNE.

Risque plus de passer pour un voleur...

MARCEL.

Et de se casser le cou en grimpant aux fenêtres! Monsieur, quand on rend la justice comme cela, on mérite au moins d'être général... non, premier président.

CHOEUR FINAL.

AIR du *Chœur final* de *Dieu vous bénisse* (Palais-Royal).

Plus de soupçons et plus d'alarmes!
Reprenons tous notre gaîté:
L'erreur a fait verser des larmes,
Le bonheur suit la vérité. (*bis.*)

LE PÈRE MARCEL, *au public.*

AIR : *A l'âge heureux de quatorze ans.*

Mon fils, messieurs, fut soupçonné;
Vous saviez tous son innocence;
Il n' pouvait pas êtr' condamné,
Car vous auriez pris sa défense.
Pourtant je n' suis pas sans effroi;
Je crains encor quelque grabuge...
Mon fils est mis hors de cause, mais moi
J'attends, messieurs, que l'on me juge.

REPRISE DU CHOEUR.

FIN.

PARIS. — IMPRIMERIE DE Mme Ve DONDEY-DUPRÉ,
Rue Saint-Louis, 46, au Marais.

TABLE

DES PIÈCES CONTENUES DANS CE VOLUME

FIN DE LA TABLE DU VINGT-NEUVIÈME VOLUME.

www.ingramcontent.com/pod-product-compliance
Ingram Content Group UK Ltd.
Pitfield, Milton Keynes, MK11 3LW, UK
UKHW020230180726
13838UKWH00005B/2300